MINI CURIOSOS MONTAM
a
Amazônia

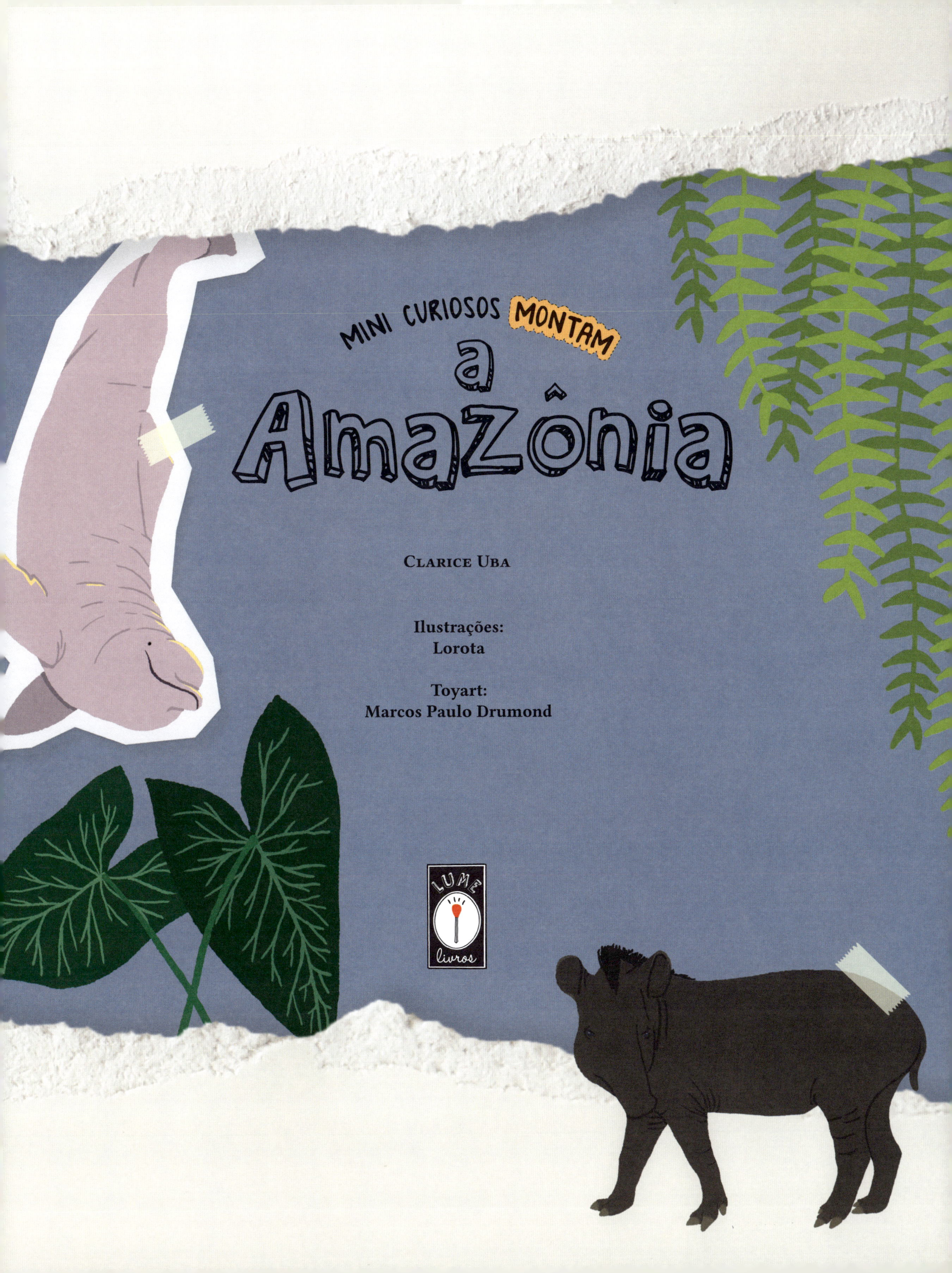

Mini curiosos montam a Amazônia

Clarice Uba

Ilustrações:
Lorota

Toyart:
Marcos Paulo Drumond

Lume livros

ÍNDICE

VAMOS MONTAR!

a floresta

Vendo de cima a Amazônia pode parecer toda igual, um grande tapete verde a perder de vista. E ela é mesmo enorme; a Amazônia é a maior floresta tropical do mundo. É tão grande, mas tão grande, que levaria mais de um ano para cruzar a pé.

Só que de "toda igual" ela não tem nada. Essa floresta tem milhares de espécies de plantas e de bichos, muitos que a gente nem conhece ainda.

A Amazônia consegue ser tão enorme e tão cheia de plantas diferentes porque lá faz calor o ano todo e chove muito, praticamente todos os dias. É quase como uma sauna úmida, o que as plantas adoram.

Aliás, faz tanto calor na Amazônia que na região só existem duas grandes estações: chuva de setembro a maio, quando chove horrores, e seca o resto do ano, quando chove pouco.

Além da água que vem pelas chuvas, essa floresta não existiria sem os rios que cortam a maior parte dela. Você já deve ter ouvido falar do Amazonas, que é um dos maiores rios do mundo e que vai dos Andes até o mar.

Na época das chuvas, o Amazonas e outros rios enchem e transbordam para a floresta. Durante boa parte do ano, onde era chão vira rio, e peixes e outros animais aquáticos nadam entre as árvores.

A floresta amazônica também é muito alta. Algumas árvores chegam a mais de 40 metros de altura, e essa impressão de que a floresta é toda fechada não é só uma impressão. Quase nada de luz chega até o chão.

Com toda essa altura de floresta, tem bichos e plantas que vivem no topo das árvores, outros que vivem nos galhos do meio e alguns que nunca saem do chão. A Amazônia é um pouco como um prédio de apartamentos.

Com tanta vida por todos os lados, não é surpresa nenhuma que a Amazônia ainda seja meio que um mistério, com novos bichos e plantas sendo descobertos o tempo todo. Depende de todos nós cuidar dessa floresta para o nosso bem e para que todos os moradores dela continuem existindo por muitos milhares de anos mais.

Vamos conhecer alguns deles?

boto-cor-de-rosa

O boto-cor-de-rosa é um dos poucos golfinhos de água doce do mundo e o maior de todos eles. Esse mamífero simpático chega a 2.5 metros de comprimento – mais comprido que alguns carros!

Diferente dos primos do mar, o boto-rosa não tem um oceano todo para nadar para qualquer lado; ele teve que se adaptar a nadar nos rios cheios de galhos e raízes da Amazônia.

Por isso o corpo dele é bem mais molinho e consegue se torcer quase como uma cobra, para passar em lugares mais apertados. Ele não é tão rápido como os golfinhos do mar, mas é um contorcionista de primeira.

O boto, como todos os golfinhos, consegue "enxergar" fazendo barulhinhos e ouvindo de onde vem o eco – o eco é um sinal de que o som bateu em alguma coisa e voltou na direção dele.

Os cliques dos botos também servem para conversar com outros botos. Eles vivem em grupos pequenos e gostam de passar tempo juntos, conversar e até brincar de empurrar e jogar gravetos uns para os outros.

Os botos conseguem fazer e ouvir de volta um montão desses cliques de uma vez e criar uma imagem na cabeça do que está em volta deles.

Assim, o boto não tem nenhum problema para achar um peixe para o jantar, mesmo nas águas escuras dos rios da Amazônia.

A anta parece uma colagem feita de outros bichos: corpo de porco, patas de vaca, uma trombinha de elefante, orelhas e até a crina de um cavalo!

Mas na verdade ela só é meio parente do cavalo, o resto é pura coincidência. Os parentes mais próximos da anta são os cavalos, os burros, as zebras e os rinocerontes.

Como a parentada, a anta também é um bicho herbívoro, que só come folhas e frutas. E ela come muito para manter o corpinho de quase 200 quilos.

Com toda essa comilança a anta fica saudável e ainda ajuda a floresta! As sementes das frutas que ela comeu saem no cocô dela e viram novas árvores em outros lugares da floresta.

Além de folhas e frutas, as antas também comem algas e plantas que crescem no fundo dos rios. Elas são grandes nadadoras e podem prender a respiração por muito tempo.

Quando uma anta fica assustada, ela corre para o rio mais próximo e azar de quem estiver no caminho! Ela vai arrebentando os galhos e árvores que estiverem pela frente.

A sorte dos outros moradores da Amazônia é que as antas são bichos que preferem viver sozinhos. Imagine 15 antas correndo ao mesmo tempo? Ia abrir uma estrada na floresta.

Já que esses bichos ajudam a manter a floresta viva, não fazem mal a ninguém e de bobos não têm nada, será que “anta” não poderia virar um elogio?

harpia

Quando você pensa nos bichos caçadores da Amazônia, talvez pense na onça ou nos jacarés, ou até na sucuri. Mas um dos maiores caçadores da floresta é uma águia, a harpia.

Essa ave com cara de má vive lá no topo das árvores mais altas da floresta e é uma das águias mais fortes do mundo. A harpia tem asas que chegam a medir 2 metros de ponta a ponta, as garras nos pés dela são maiores que as garras de um urso e a pressão desses pés é mais forte que a mordida de um cachorro grande!

A harpia é tão forte que pode carregar um bicho com quase o mesmo peso dela.

Ela é uma das poucas águias que vivem em florestas. A maioria vive em lugares abertos como planícies ou na beira de rios e passa o dia voando de um lado para o outro atrás de comida.

Como na Amazônia as árvores são muito fechadas, a harpia caça de outro jeito; ela passa horas parada no mesmo lugar esperando algum bicho aparecer.

E mesmo sendo uma boa caçadora, pegar bichos para comer dá um trabalhão. Tanto trabalho que cada casal de harpias só tem um filhote de cada vez.

As harpias são ótimas mães e pais. Elas formam casais que vivem juntos a vida toda e cuidam com carinho dos filhotes por muito meses em ninhos que ficam empoleirados lá no alto, no topo da floresta.

bicho-preguiça

O bicho-preguiça faz tudo devagar-quase-parando. Ele passa quase a vida toda pendurado em árvores e nunca tem pressa para nada.

Ele é tão tranquilão porque o metabolismo dele é lento. Bichos que têm um metabolismo lento não precisam de muita energia para funcionar, mas tudo no corpo deles acontece mais devagar.

Com tão pouca energia para gastar, o preguiça mal se mexe nas árvores onde vive e dorme o máximo que consegue, às vezes 15 horas por dia!

Até a digestão do bicho-preguiça é preguiçosa: uma folha que ele come pode levar mais de um mês para virar cocô; xixi ele só faz uma vez por semana e olhe lá!

A comida preferida do preguiça são folhas bem verdinhas das árvores onde fica pendurado. Mas às vezes ele come um inseto ou bichinho que esteja muito distraído.

Apesar de devagar em tudo, esse bicho é um bom nadador! De tempos em tempos ele se joga dos galhos na água para mudar de árvore.

Mas o preguiça só vai nadar quando precisar muito. Ele é mais feliz pendurado numa árvore quase sem se mexer, bem escondido entre os galhos e folhas.

Esse bicho se mexe tão pouco que minialgas conseguem crescer no pelo dele sem serem perturbadas.

Milhares de minibichinhos se alimentam dessas algas, e o preguiça acaba virando uma minifloresta que vive pendurada nas árvores da Amazônia.

Sapo-ponta-de-flecha

O sapo-ponta-de-flecha é um bichinho espetacular. Existem mais de 180 espécies desse sapo, todas supercoloridas. Se saíssem todas juntas pareceria um desfile de carnaval.

Os sapos-ponta-de-flecha fazem questão de brilhar no chão da floresta porque eles são muito, mas muito venenosos. Os predadores que encontram um desses pula-pulas coloridos saem da frente bem rapidinho.

O veneno do sapo-ponta-de-flecha é um dos mais poderosos do mundo: só um desses sapinhos tem veneno suficiente para matar mais de uma pessoa adulta.

O engraçado é que não é ele que produz o próprio veneno. Parece que esse sapinho guarda o veneno dos insetos que come, e esses insetos, por sua vez, têm veneno porque comem plantas venenosas.

Os sapos-ponta-de-flecha vivem entre as folhas caídas no chão da floresta e nos troncos das árvores, que são os melhores lugares para eles acharem insetos gordinhos para o almoço.

O chão da floresta é ótimo para o dia a dia, mas quando uma sapinha tem filhotes ela precisa achar uma poça de água, já que os filhotes de todos os sapos passam uma parte da vida na água como girinos.

Em algumas espécies de sapo-ponta-de-flecha, as mães colocam o girino nas costas e sobem em árvores enormes, para deixar o filhote protegido dentro de uma bromélia cheia de água.

Ali o girino tem um quarto protegido e tão colorido quanto ele para crescer.

vamos montar!

Aqui está uma lista do que você vai precisar para montar seus animais da Amazônia!

(E não esqueça de pedir uma ajudinha para algum adulto amigo)

você vai precisar de:

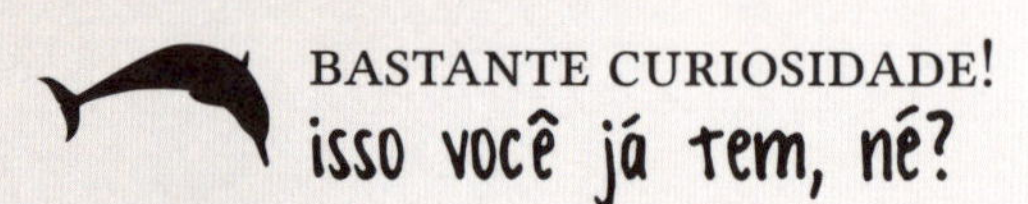
BASTANTE CURIOSIDADE!
isso você já tem, né?

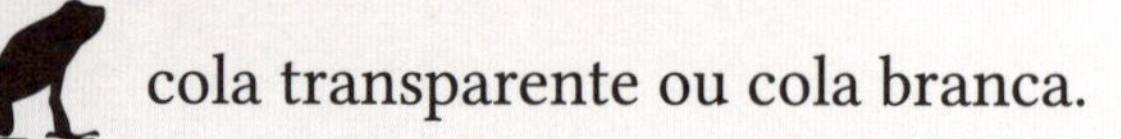
cola transparente ou cola branca.

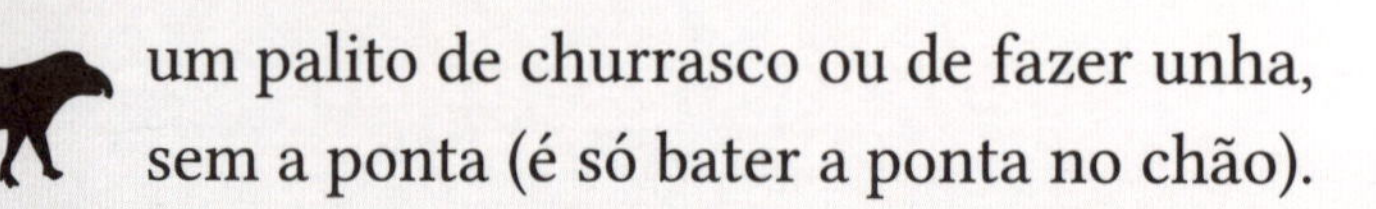
um palito de churrasco ou de fazer unha, sem a ponta (é só bater a ponta no chão).

um papel (ou revista ou jornal velhos) para proteger a mesa ou o chão.

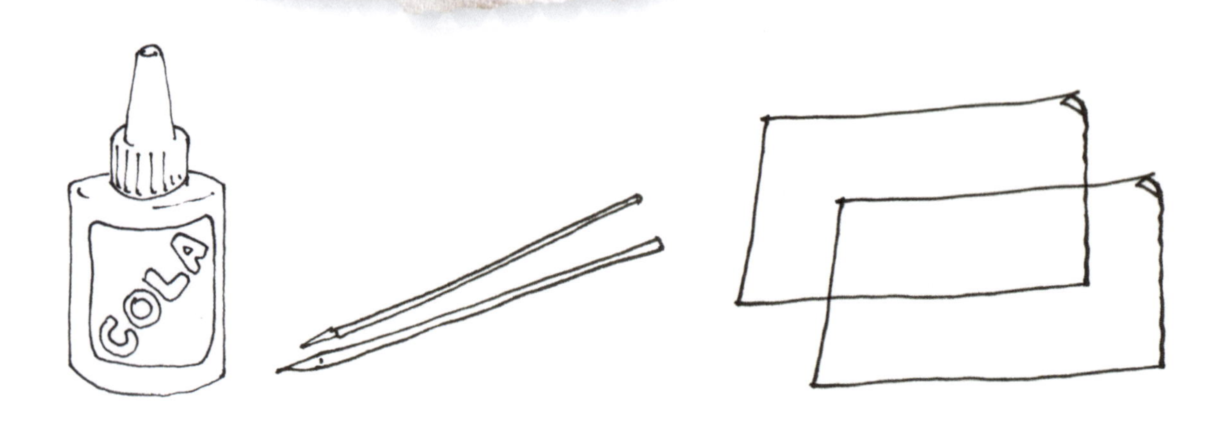

Tudo pronto para começar!

Siga estes passos na ordem para dar tudo certo:

1. Cada um dos bichos vem separado em pecinhas na página, mais ou menos assim.
Comece destacando a página que você vai montar.

2. Depois, você vai destacar as peças da página. Você vai ver que onde tem que dobrar já está mais molinho. Reforce um pouco essas dobras, vai ajudar na hora de colar.

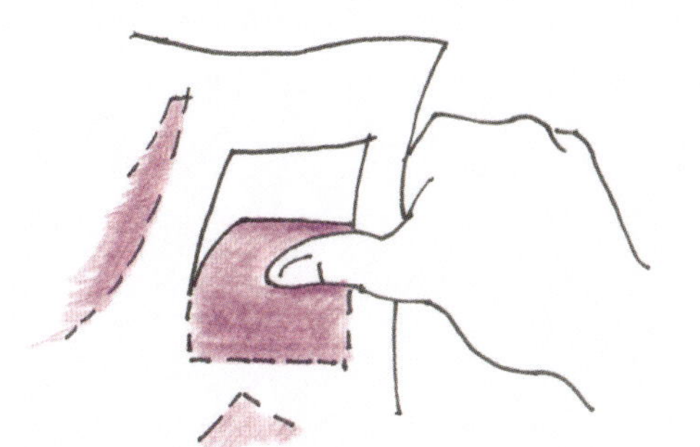

3. Dos dois lados das peças que você separou tem letras com números. Cole o A1 da frente no A1 do verso e continue dessa forma – A2 com A2, A3 com A3 – até a sua peça estar montadinha.

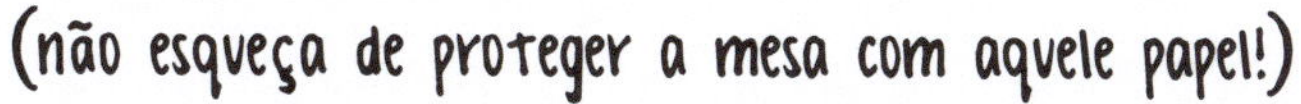

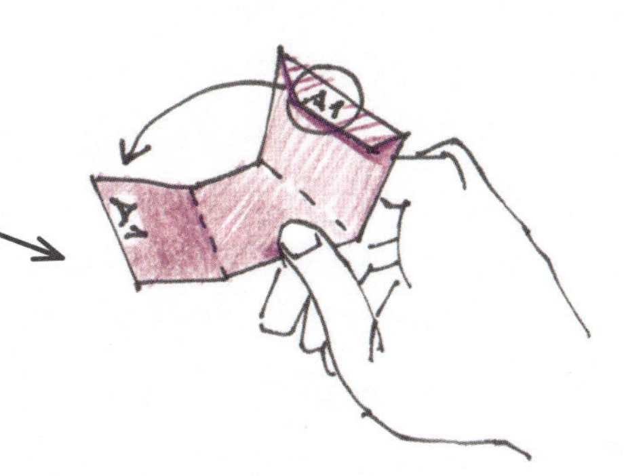

Dica! Quando você for colar duas abas da peça, segure-as juntas até a cola secar bem, e só aí passe para as próximas abas.

4. Você vai notar que sobrarão umas abas marcadas com duas letras e um número, como, por exemplo, **A+B 1**. Esse é ponto onde a peça “A” vai encontrar a peça “B”. Na peça B também tem a mesma marcação, e você vai colar umas nas outras – mas tem uma ordem certa!

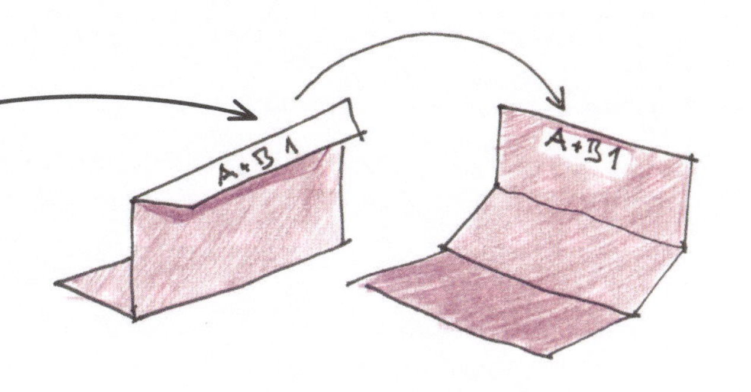

Dica! Conforme você for fechando a sua peça, pode ficar difícil manter as abas juntas enquanto a cola seca – use o seu palito para alcançar essas abas mais escondidinhas.

Vire a página para continuar

para juntar tudo:

Agora que você tem todas as peças do seu bicho montadinhas, só falta colar umas nas outras para ele ficar pronto.

! Mas atenção: cada bicho tem uma ordem certa para unir as peças, como está marcado aqui:

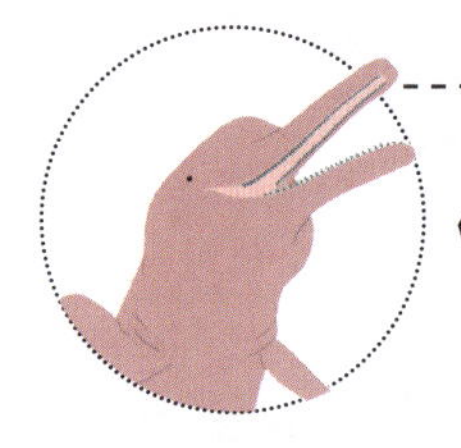

boto-cor-de-rosa

nível de dificuldade: médio

MONTE AS PARTES ASSIM:

1. **CAUDA:** cole as peças A B C D e E para formar a CAUDA.
2. **CORPO:** cole a barbatana (G) na peça F. Cole as nadadeiras (I e H) na peça J. Junte as peças F e J para formar o CORPO.
3. **CABEÇA:** monte a peça K.

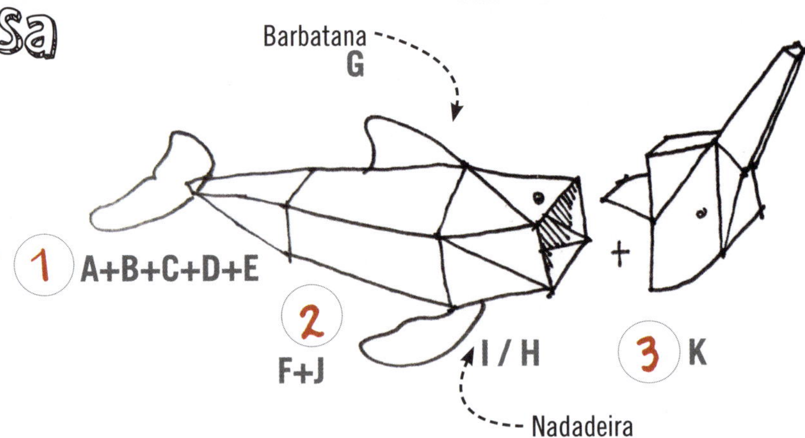

Com todas as partes do bicho prontas, cole a CAUDA no CORPO e a CABEÇA no CORPO.

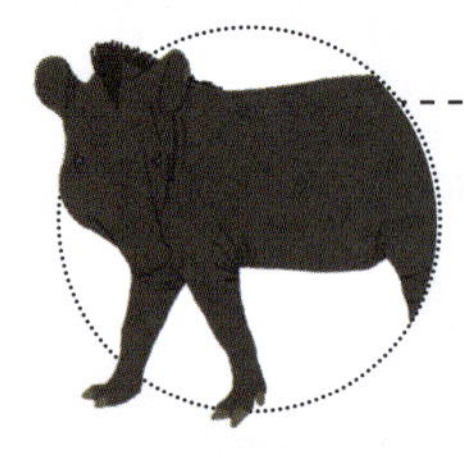

anta

nível de dificuldade: médio

MONTE AS PARTES ASSIM:

1. **CORPO:** cole a peça C na peça D. Depois, cole a peça A na C/D e feche o corpo com a peça B.
2. **PATAS:** monte as peças E e F para fazer as patas dianteiras.
3. **CABEÇA:** cole a peça G (cabeça) na H (pescoço).

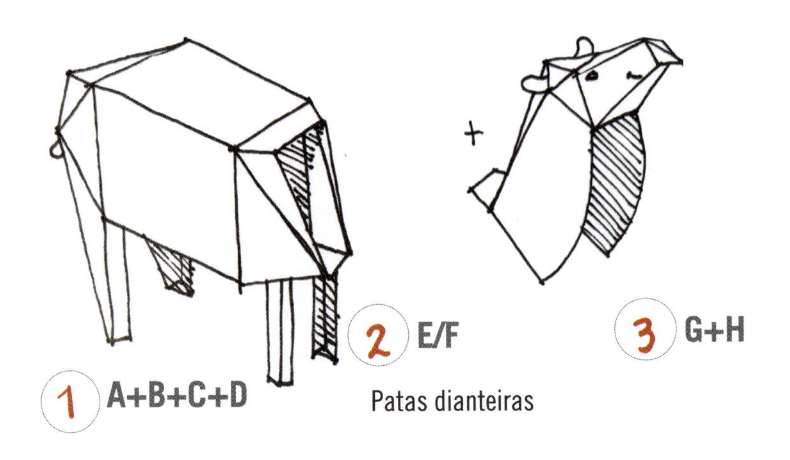

Com todas as partes do bicho prontas, primeiro cole a CABEÇA no CORPO e, depois, as PATAS no CORPO.

harpia

nível de dificuldade: fácil

MONTE AS PARTES ASSIM:

1. **CORPO:** cole as asas (G e H) e o rabo (B) no corpo (A).
2. **PATAS:** cole as peças das patas – C e D, e E e F.
3. **CABEÇA:** cole a crista (J) na cabeça (I).

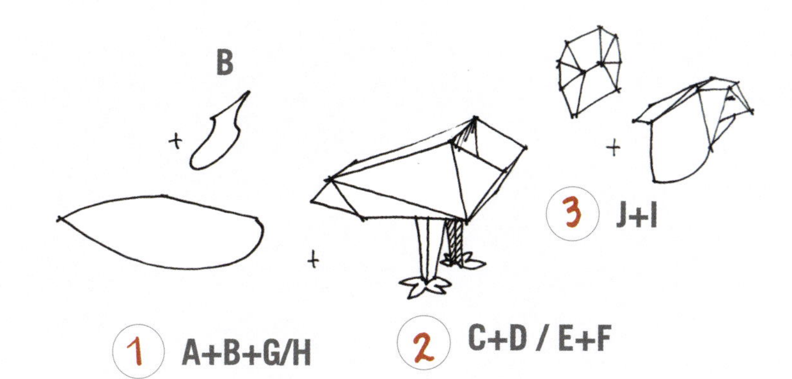

{Com todas as partes do bicho prontas, cole primeiro a CABEÇA no CORPO, e depois as PATAS no CORPO.}

bicho-preguiça

nível de dificuldade: difícil

MONTE AS PARTES ASSIM:

1. **CORPO/PERNAS:** cole as peças J e A para fazer o tronco. Faça as pernas com as peças B+C e D+E. Cole as pernas no tronco, e feche o corpo com a barriga (K).
2. **BRAÇOS:** cole F+G e H+I para fazer os braços.
3. **CABEÇA:** peça L.

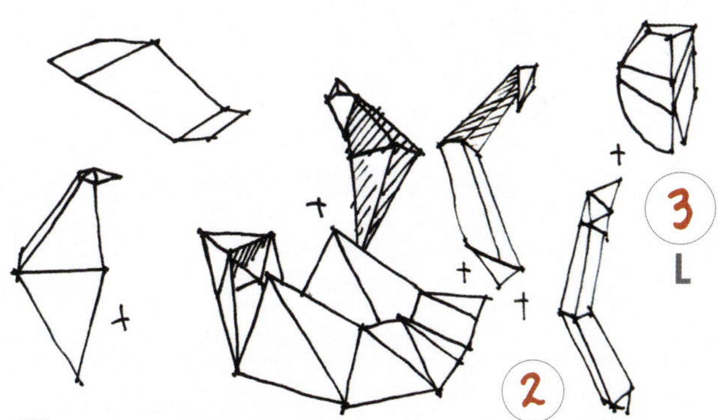

{Com todas as partes do bicho prontas, cole primeiro os BRAÇOS no CORPO, e depois, a CABEÇA no CORPO.}

sapo-ponta-de-flecha

nível de dificuldade: difícil

MONTE AS PARTES ASSIM:

1. **PATAS TRASEIRAS:** feche as peças A e B.
2. **CORPO/CABEÇA:** peça E.
3. **PATAS DIANTEIRAS:** feche as peças C e D.

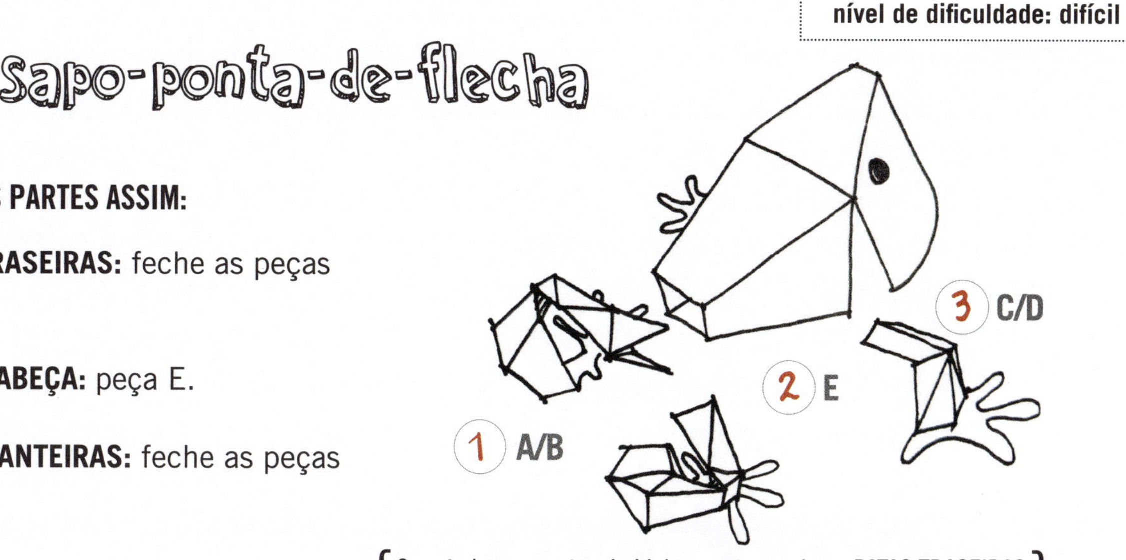

{Com todas as partes do bicho prontas, cole as PATAS TRASEIRAS no CORPO. Depois cole as PATAS DIANTEIRAS no CORPO.}

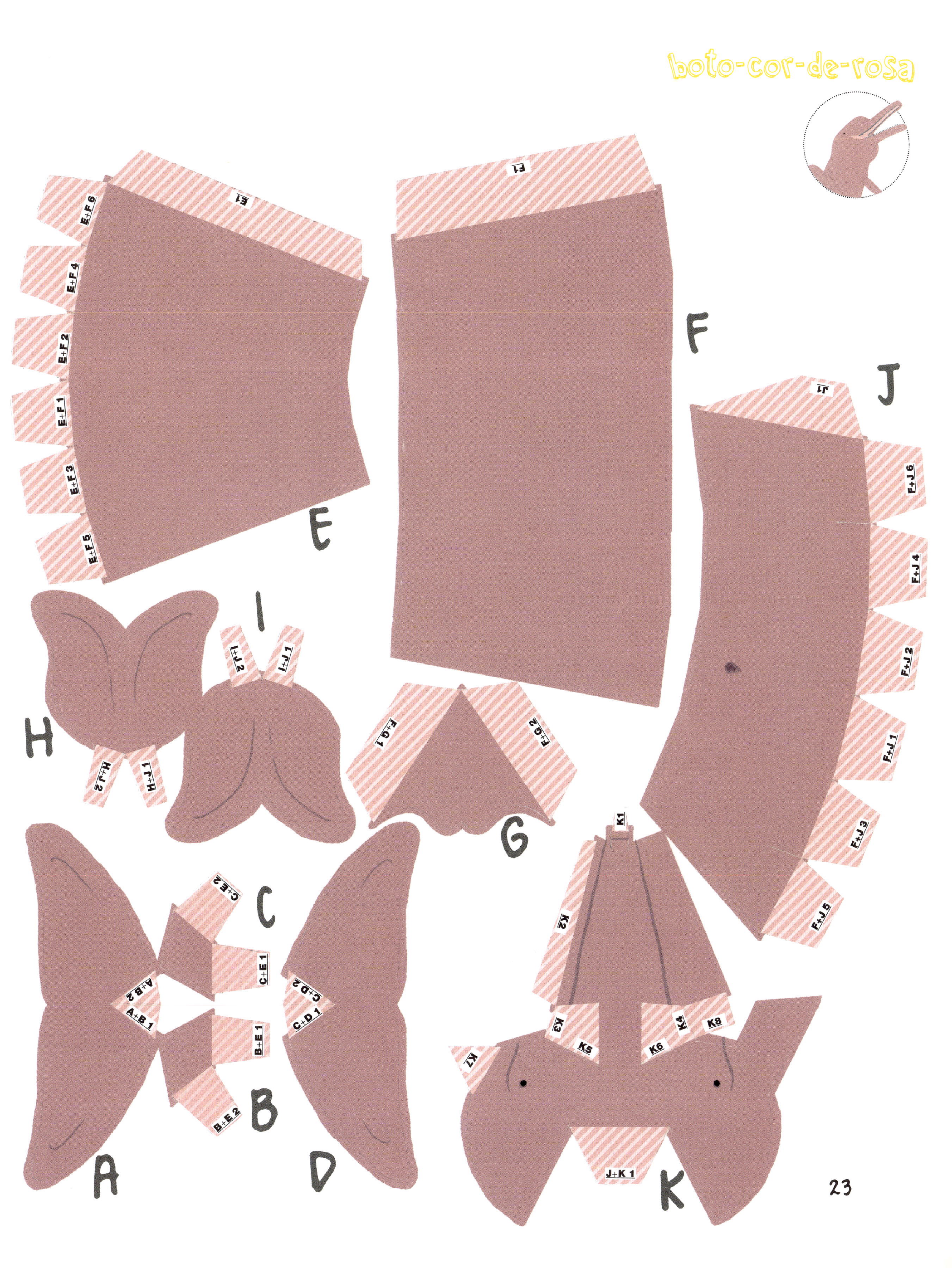
boto-cor-de-rosa
E+F 6
E1
E+F 4
E+F 2
E+F 1
E+F 3
E+F 5
E
F1
F
J1
J
F+J 6
F+J 4
F+J 2
F+J 1
F+J 3
F+J 5
I
I+J 2
I+J 1
H
H+J 2
H+J 1
F+G 1
F+G 2
G
K1
K2
K3
K4
K5
K6
K7
K8
J+K 1
K
C+E 2
C
C+E 1
A+B 2
A+B 1
B+E 1
B+E 2
B
C+D 2
C+D 1
A
D

F+J 5
E+F 5
C+E 2
F+J 3
E+F 3
B+E 2
F+J 1
E+F 1
B+E 1
F+G 2
F+G 1
C+E 1
E+F 2
I+J 1
F+J 2
E1
I+J 2
E+F 4
F+J 4
E+F 6
H1
J+K 1
F+J 6
F1
G1
G1
I1
I1
H+J 2
K1
H+J 1
J1
K2
C+D 2
C+D 1
K7
K8
A+B 2
K4
K6
K5
K3
A+B 1

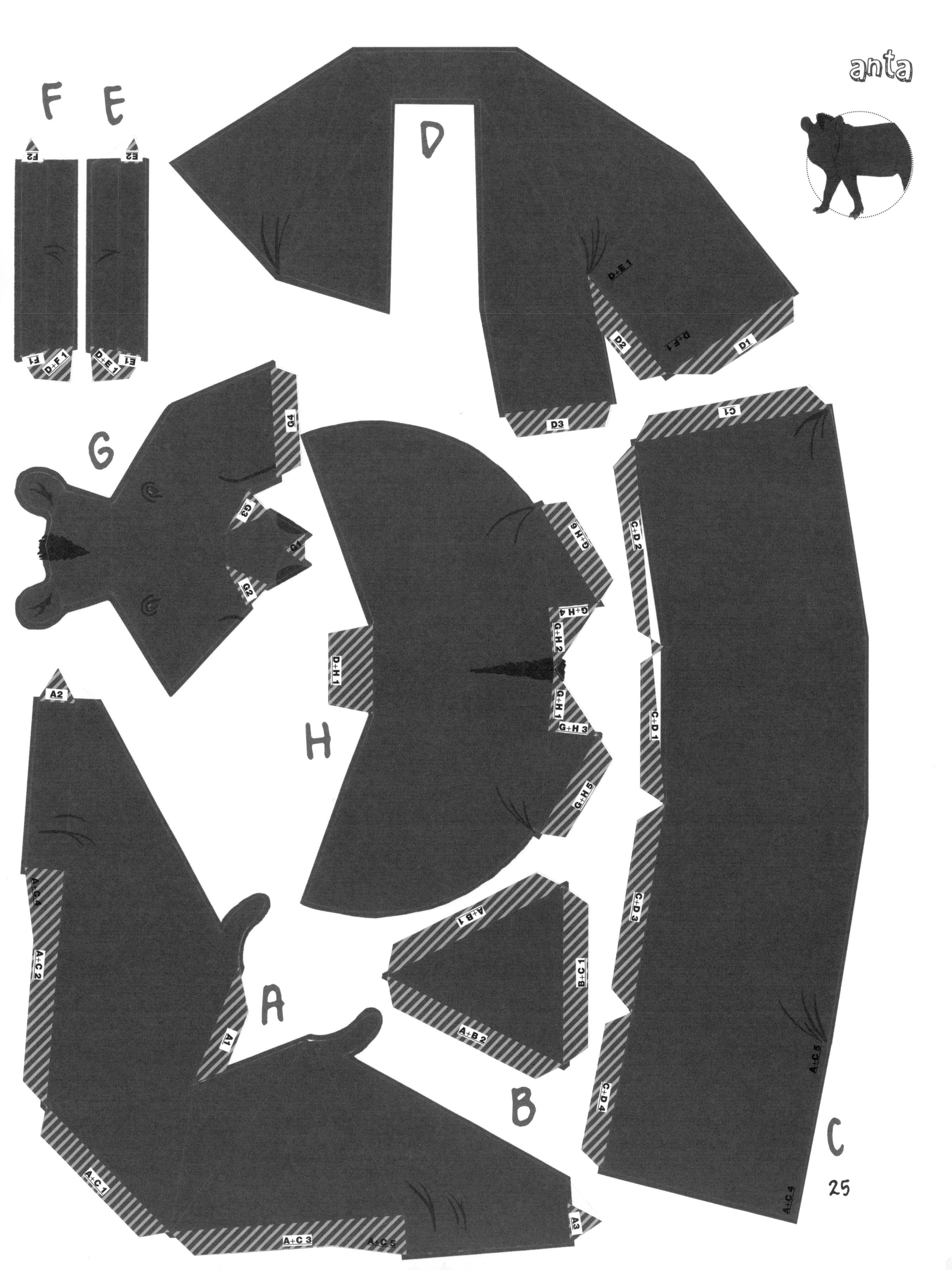
anta
F
E
D
F2
E2
F1
D+F 1
D+E 1
E1
D+E 1
D2
D+F 1
D1
D3
C1
G
G4
G3
G1
G2
H
G+H 6
G+H 4
G+H 2
D+H 1
G+H 1
G+H 3
G+H 5
C+D 2
C+D 1
C+D 3
C+D 4
A2
A+C 4
A+C 2
A1
A
A+B 1
B+C 1
A+B 2
B
A+C 1
A+C 3
A+C 5
A3
C

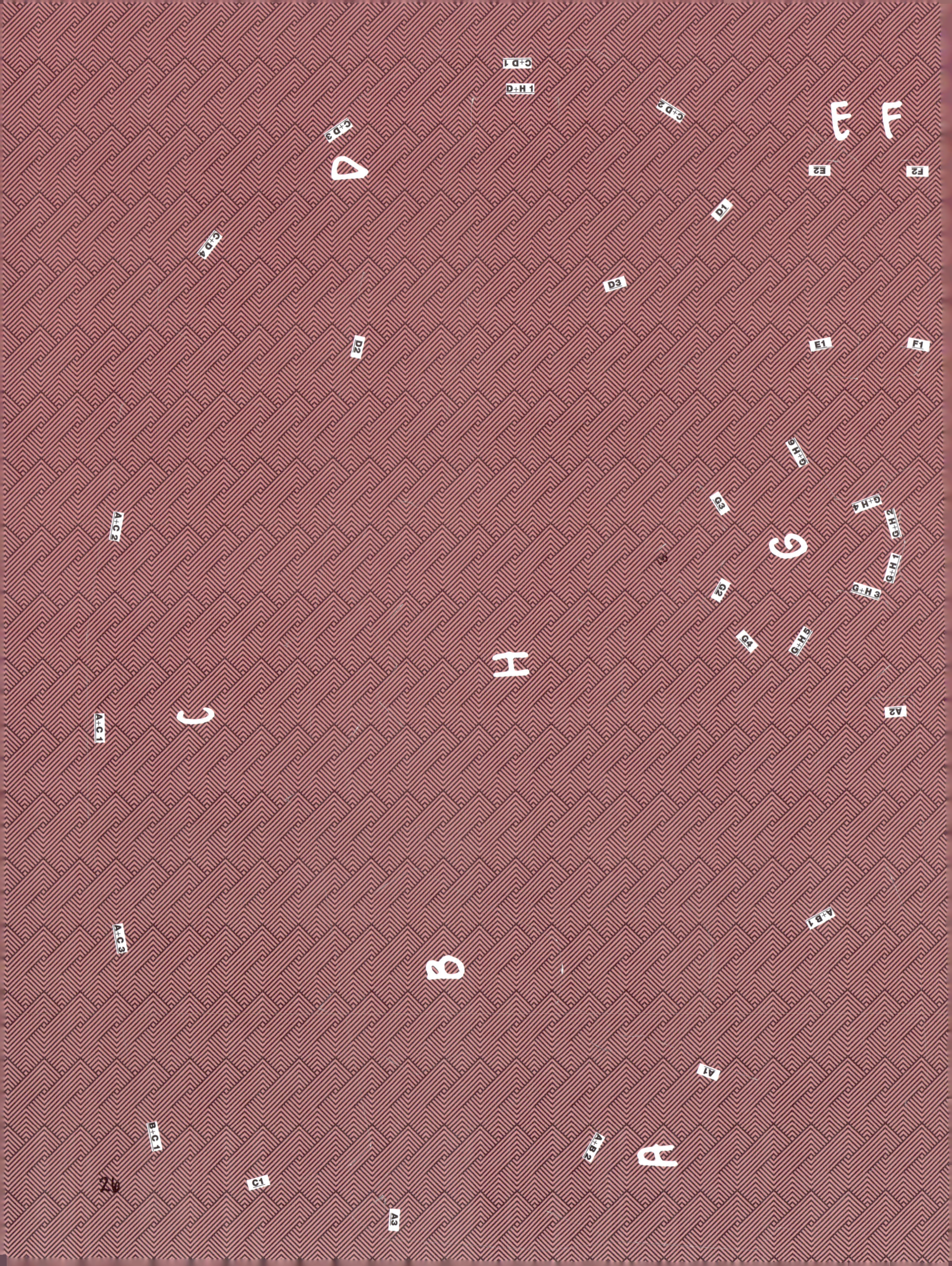

harpia
E
A+E 1
EF1
EF2
E1
F
D
C1
A+C 1
CD2
CD1
C
B
G
H
A+G 1
A+H 1
A5
I+J 1
J
A6
A+C 1
A+E 1
A+H 1
A+G 1
A2
I7
I1
I6
I
I5
I4
I3
I2
A4
A+B 1
A3
I+J 1
A1
A
A+I 1

F

EF2 EF1

E1

E

D

C

C1

CD1 CD2

B

A+B 1

H

G

J

A5

A+1 1

A6

A2

I1

A

A3

A4

I4

I2

I5

I3

I7

I6

A1

I

bicho-preguiça

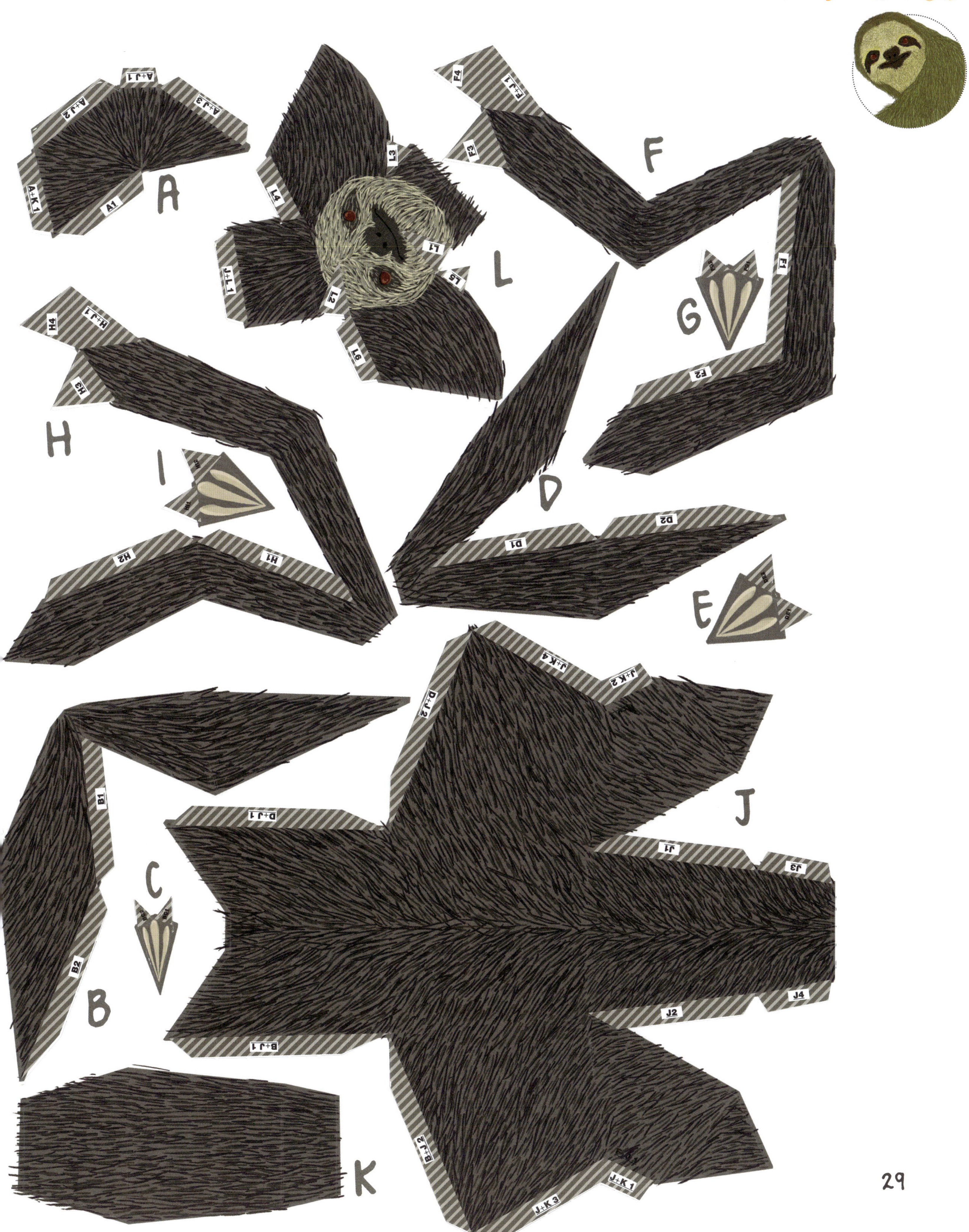

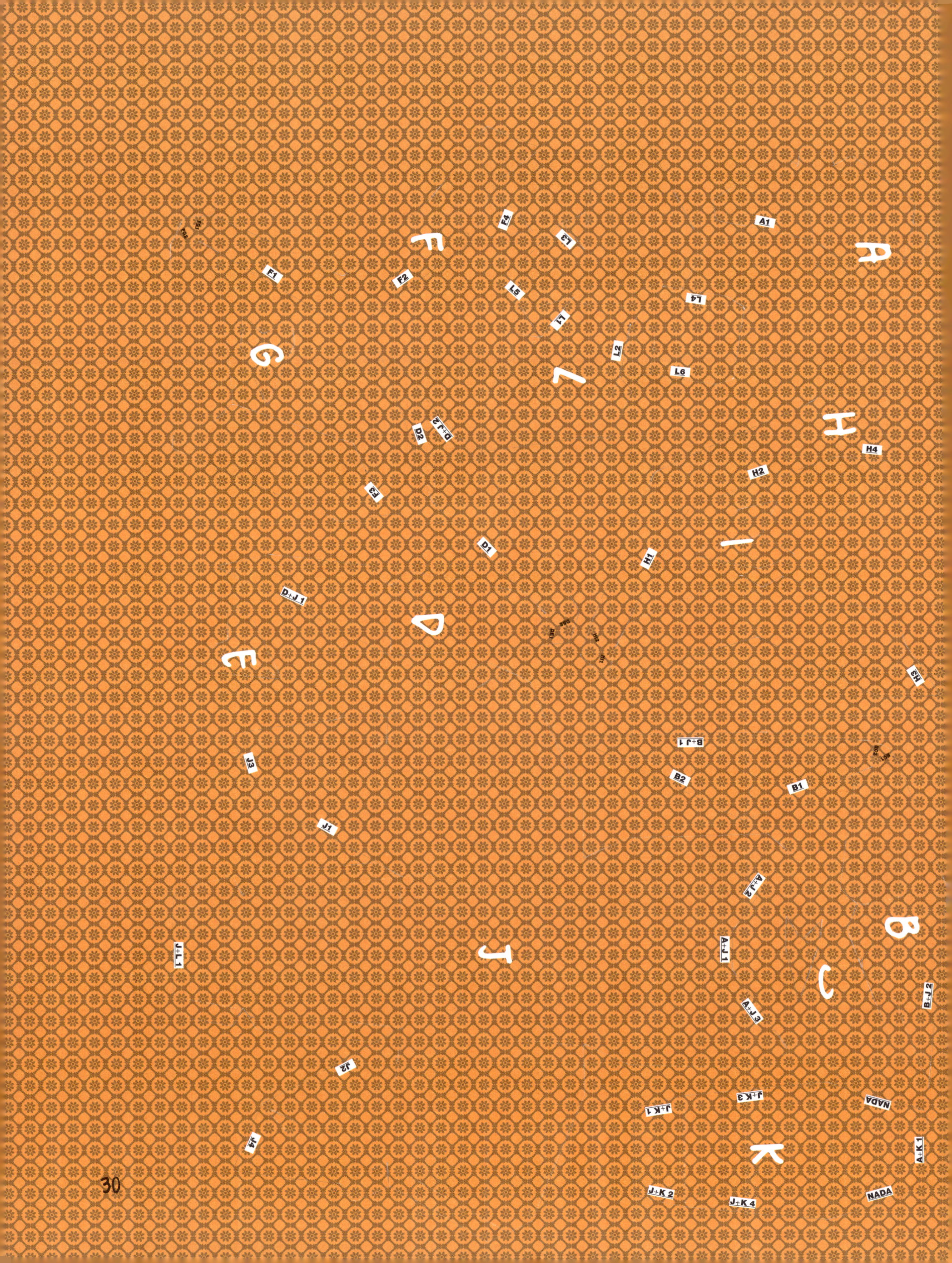

A
A1
F4
L3
F
F1
F2
L5
L4
L1
L2
G
L
L6
H
H4
D2
D+J 2
H2
F3
I
D1
H1
D+J 1
D
E
H3
B+J 1
B2
B1
J3
J1
A+J 2
B
J
A+J 1
C
J-L 1
B+J 2
A+J 3
J2
J+K 3
NADA
J+K 1
J4
K
A+K 1
J+K 2
J+K 4
NADA

Sapo-ponta-de-flecha

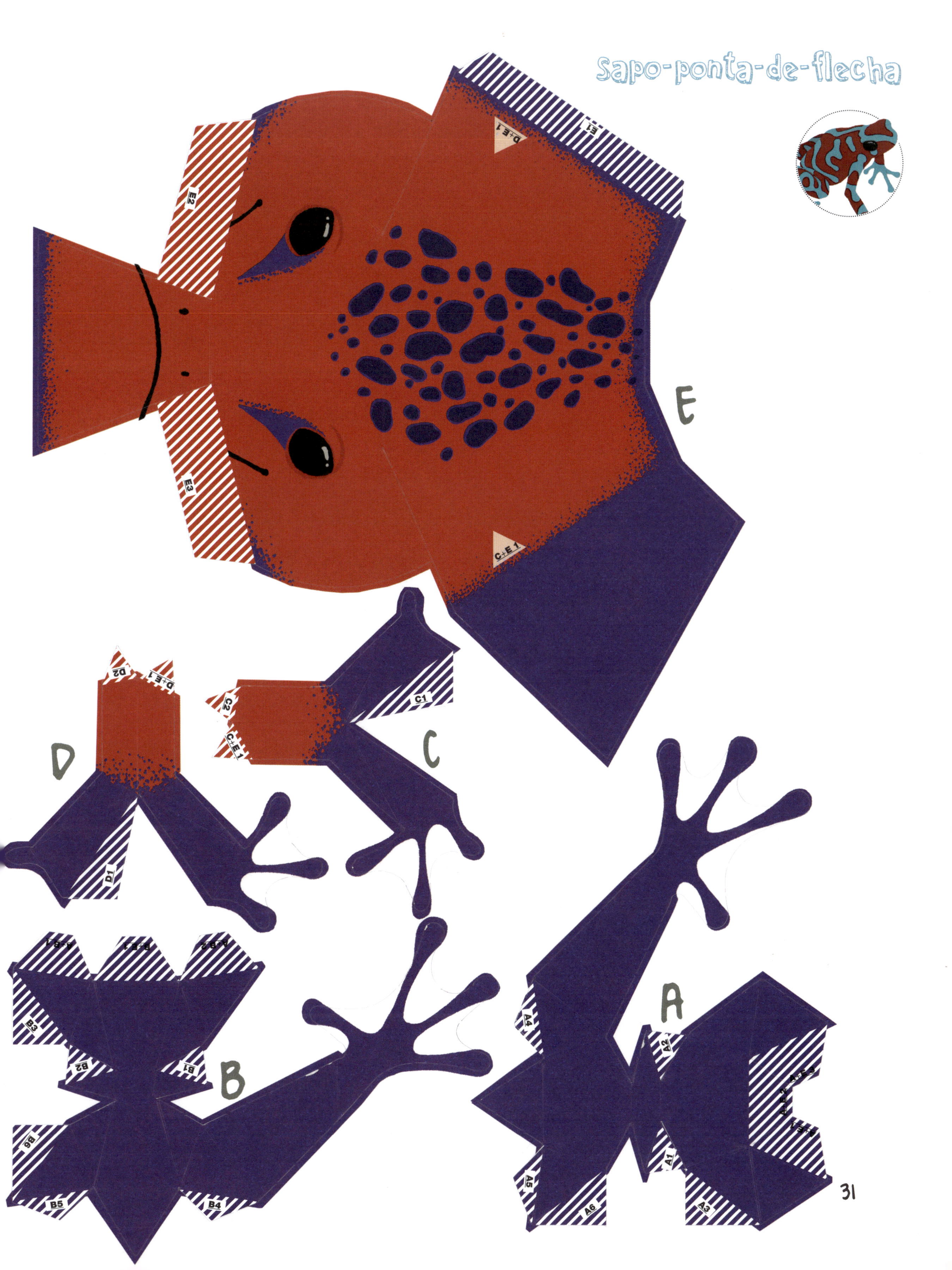

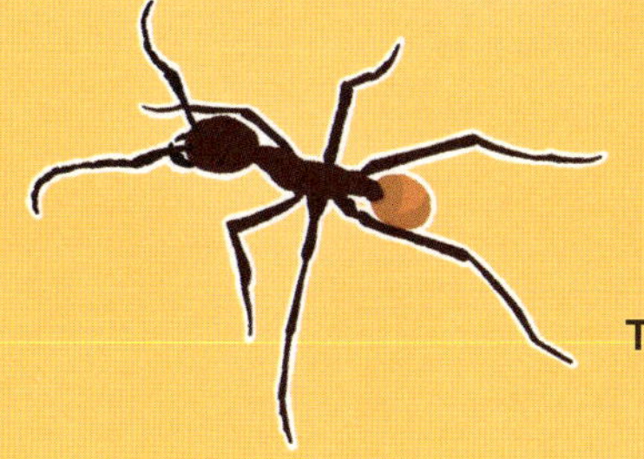

Texto: Clarice Uba
Ilustrações: Lorota
Toyart dos bichos e instruções: Marcos Paulo Drumond
Diagramação: Camila Bachichi
Capa: Camila Bachichi e Lorota
Revisão de texto: Daniela Marini Iwamoto
Produção gráfica: Jairo da Rocha

Dados Internacionais de Catalogação na Publicação - CIP

U12

Uba, Clarice
Mini curiosos montam: a Amazônia / Clarice Uba. Ilustração de Lorota. Toyart de Marcos Paulo Drumond. – São Paulo: Lume Livros, 2021. (Mini Curiosos Montam) 32 p.; Il.

ISBN 978-65-88170-03-8

1.Amazônia. 2. Floresta Amazônica. 3. Animais da Floresta Amazônica. 4. Literatura Infanto-Juvenil. 5. Paper Toy. 6. Diversidade Animal. 7. Boto-cor-de-rosa. 8. Anta. 9. Harpia. 10. Bicho-preguiça. 11. Sapo-ponta-de-flecha. I. Título. II. A Amazônia. III. Série. IV. Lorota, Ilustradora. V. Drumond, Marcos Paulo.

CDU 82-93 **CDD** 028.5

Catalogação elaborada por Regina Simão Paulino – CRB 6/1154

Impresso na Gráfica Maistype

Primeira edição, Março de 2022

Lume Livros Editora Ltda - ME.
Rua Paes Lemes 215, Cj 304 -Pinheiros
CEP 05424-150- São Paulo - SP
Tel. +55 11 30313448
contato@lumelivros.com
www.lumelivros.com